함께 가자 먼길

함께 가자 먼 길

초판 1쇄 발행 2022년 12월 15일

지은이   나태주
그린이   이호신
펴낸이   김선기
펴낸곳   (주)푸른길
출판등록 1996년 4월 12일 제16-1292호
주소   (08377) 서울시 구로구 디지털로 33길 48 대륭포스트타워 7차 1008호
전화   02-523-2907, 6942-9570~2
팩스   02-523-2951
이메일   purungilbook@naver.com
홈페이지 www.purungil.co.kr

ISBN   978-89-6291-990-5   03810

함께 가자 먼 길

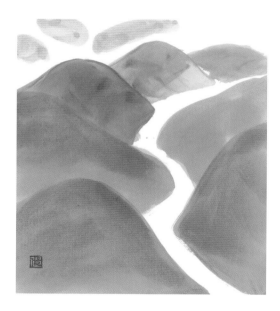

시 **나태주**   그림 **이호신**

푸른길

시에 달린 날개와 옷

멀지 않은 날입니다. 부여에서 출토된 '백제금동대향로'에 대한 시를 한 편 쓴 일이 있었지요. 아마도 백제 문화제 시낭송대회에 지정시로 사용하기 위해 쓴 작품일 것입니다. 그런데 그 시를 소재로 하여 그림을 그리고 글씨를 쓴 분이 계셨어요.

이호신 화백님이라고, 그림과 글씨의 필력으로는 대한민국에서는 제일가는 분이셨어요. 그런 인연으로 몇 차례 뵈었지요. 고맙게도 우리 풀꽃문학관에 찾아와 주시기도 했고요. 저 멀리 지리산 자락 산청의 맑은 햇빛과 바람 속에서 사시는 분이라 그래요.

가슴이 뜨겁고 눈빛이 형형한 분이었어요. 잠시 이야기하다가 그만 뜻이 맞아 버렸어요. 나의 시를 글씨와 그림으로 바꾸어 책으로 한번 내 보자고요. 이 또한 좋은 일, 아름다운 일 아니겠어요! 종이에게 미안한 일이긴 하지만 말이에요.

시는 활자매체로 된 예술품이기 때문에 쉽게 전달되기가 어렵습니다. 독해 → 이해 → 감흥의 단계를 거쳐서 전달이 되지요. 하지만 그림과 글로 표현된 시는 단박에 전달이 되지요. 그러니까 시가 옷을 입는 격이고 날개를 다는 격입니다.

이렇게 시에 옷과 날개를 달아 주시는 화백님에게 감사를 드리지 않을 수 없네요. 부디 이 책이 화백님에게나 나에게 좋은 기념품이 되고 독자분들에게 좋은 선물이 되기를 바랍니다. 책을 다시금 꾸려 주시는 김선기 대표님과 푸른길 편집부의 수고에도 감사를 드립니다.

2022년 겨울의 문턱에서
나태주 씁니다.

차례

그 길 위에서

I

우리는 서툴게 손을 잡았고

II

그냥 천천히
가고 있었다

III

나 여기
잘 있어요

IV

2 길 위에서

Ⅱ

한 사람 건너

한 사람 건너 한 사람
다시 한 사람 건너 또 한 사람

애기 보듯 너를 본다

찡그린 이마
앙다문 입술
무슨 마음 불편한 일이라도
있는 것이냐?

꽃을 보듯 너를 본다.

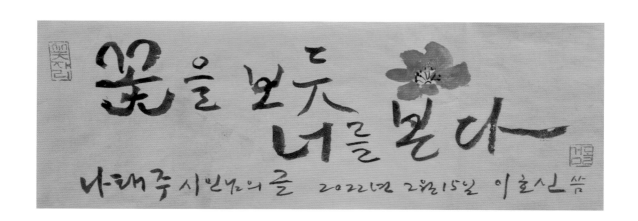

꽃을 보듯
너를 본다

나태주 시인님의 글   2022년 2월15일 이호신 씀

선물

하늘 아래 내가 받은
가장 커다란 선물은
오늘입니다

오늘 받은 선물 가운데서도
가장 아름다운 선물은
당신입니다

당신 나지막한 목소리와
웃는 얼굴, 콧노래 한 구절이면
한 아름 바다를 안은 듯한 기쁨이겠습니다.

선물

하늘 아래 내가 받은
가장 커다란 선물은
오늘입니다

오늘 받은 선물 가운데서도
가장 아름다운 선물은
당신입니다

당신 마지막한 목소리와
웃는 얼굴, 콧노래 한 구절이면
한 여름 바다를 얻은 듯한 기쁨이겠습니다.

나태주 시인의 〈선물〉
2022년 여름 산청에서 이호신 씀

화엄

꽃장엄이란 말
가슴이 벅찹니다

꽃송이 하나하나가
세상이요 우주라지요

아, 아, 아,
그만 가슴이 열려

나도 한 송이 꽃으로 팡!
터지고 싶습니다.

꽃
장엄이란 말
가슴이 벅찹니다

꽃송이 하나하나가
세상이요 우주라지요
아, 아, 아,
그만 가슴이 열려
나도 한 송이 꽃으로 팡!
터지고 싶습니다.

〈화엄〉

나태주 시인의 시를 쓰고 그리다, 2022년 봄 이호신

다시 천년을 넘어

— 백제금동대향로

누가 백제를 망했다고 하는가
망하여 자취 없는 나라라고 말하고 있는가
해마다 시월이면 백제는 다시 일어서고
다시 한번 빛을 발하며 타오른다
보라! 백제문화제 공주에서 부여에서
그 가슴에 타오르는 향기의 무지개

더구나 백제금동대향로를 보시라
두세두세 나무 밑을 걸으며
두 손 맞잡아 기도드리는 사람
낚싯대 드리우고 말에 올라
사냥길 떠나는 사람들

향기로운 악기 가슴에 안고
하늘의 소리를 만들어 내고 있는
소리꾼들을 보시라
가장 좋은 노래는 소리 없는 노래
줄 없는 악기에서 울려 퍼지는 음악

우쭐우쭐 솟아오른 산악을
받치고 선 한 마리 용과
신령스런 입으로 인간의 세상을
받들고 계신 어지신 한 분 용왕님을 보시라
그 위에 또다시 꼬리를 치켜들고 날개를
펼쳐든 봉황님은 어떠신가……

가장 좋으신 향기와 미소
지극히 높으신 고요가 살아서 천년
또다시 천년을 흐르는 백제
해마다 다시 일어서고 다시금 빛을 발하는 백제
백제금동대향로!
오늘도 우리 가슴에 피어오르고 있다.

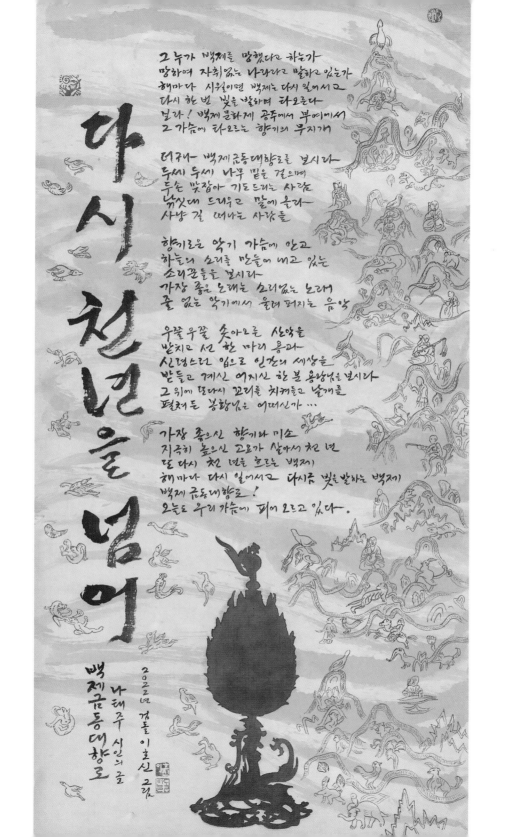

그 누가 백제를 망했다고 하는가
망하여 자취없는 나라라고 말하고 있는가
해마다 시월이면 백제는 다시 일어서고
다시 한 번 빛을 발하며 타오른다
보라! 백제 문화제 공주에서 부여에서
그 가슴에 타오르는 향기의 무지개

더구나 백제금동대향로를 보시라
두세 두세 나무 밑을 걸으며
두손 맞잡아 기도 드리는 사람
낚싯대 드리우고 말에 올라—
사냥 길 떠나는 사람들

향기로운 악기 가슴에 안고
하늘의 소리를 만들어 내고 있는
소리꾼들을 보시라
가장 좋은 노래는 소리없는 노래
줄 없는 악기에서 울려 퍼지는 음악

우뚝 우뚝 솟아오른 산악을
받치고 선 한 마리 용과
신령스런 입으로 인간의 세상을
받들고 계신 어지신 한 분 용왕님을 보시라
그 위에 또다시 꼬리를 치켜들고 날개를
펼쳐든 봉황님은 어떠신가 …

가장 좋으신 향기와 미소
지극히 높으신 고요가 살아서 천 년
또 다시 천 년를 흐르는 백제
해마다 다시 일어서고 다시금 빛을 발하는 백제
백제 금동대향로!
오늘도 우리 가슴에 피어 오르고 있다.

다시 천년을 넘어

백제금동대향로 나태주 시인의 글 2022년 겸돌 이호신 그림

노래

배고픈 시절 부르던 노래여
그대 보고픈 날 불던 휘파람 소리여.

노래

그대 보고픈 날 불러 휘파람 소리에

배고픈 시절 부르던 노래여

나태주 시
2022년 겸둘

봄의 사람

내 인생의 봄은 갔어도
네가 있으니
나는 여전히 봄의 사람

너를 생각하면
가슴속에 새싹이 돋아나
연초록빛 야들야들한 새싹

너를 떠올리면
마음속에 꽃이 피어나
분홍빛 몽골몽골한 꽃송이

네가 사는 세상이 좋아
너를 생각하는 내가 좋아
내가 숨 쉬는 네가 좋아.

내 인생의
봄은 갔어도
네가 있으니

나는 여전히 봄의 사람

나태주 〈봄의 사람〉 중에서

겨울
2022년

먼 길

함께 가자
먼 길

너와 함께라면
멀어도 가깝고

아름답지 않아도
아름다운 길

나도 그 길 위에서
나무가 되고

너를 위해 착한
바람이 되고 싶다.

함께 가자
먼 길

너와 함께라면
멀어도 가깝고

아름답지 않아도
아름다운 길

나도 그 길 위에서
나무가 되고

너를 위해 착한
바람이 되고 싶다.

< 먼 길 >

나태주 님의 시를 옮기고 그리다
2022년 겨울

눈물 찬讚

하늘에 별이 있고
땅 위에 꽃이 있다면
인간의 영혼에는 눈물이 있지요.

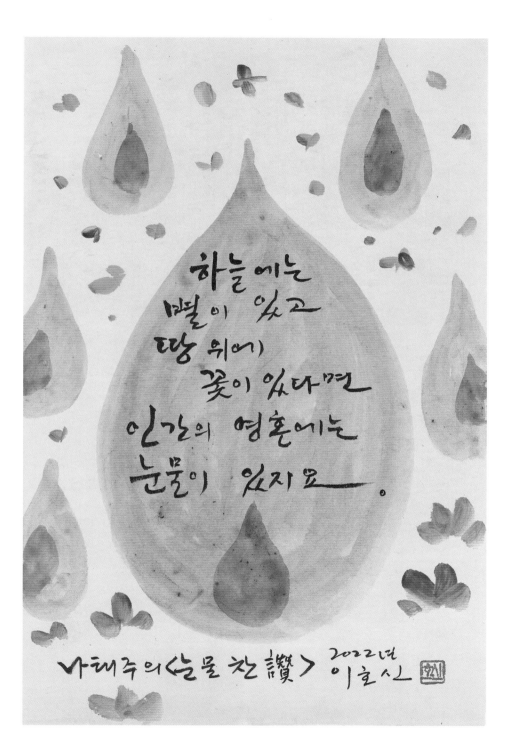

하늘에는
별이 있고
땅 위에
꽃이 있다면
인간의 영혼에는
눈물이 있지요——.

나태주의〈눈물 찬讚〉 2022년
이호신 [인]

기도

내가 외로운 사람이라면
나보다 더 외로운 사람을
생각하게 하여 주옵소서

내가 추운 사람이라면
나보다 더 추운 사람을
생각하게 하여 주옵소서

내가 가난한 사람이라면
나보다 더 가난한 사람을
생각하게 하여 주옵소서

더욱이나 내가 비천한 사람이라면
나보다 더 비천한 사람을
생각하게 하여 주옵소서

그리하여 때때로
스스로 묻고
스스로 대답하게 하여 주옵소서

나는 지금 어디에 와 있는가?
나는 지금 어디로 향해 가고 있는가?
나는 지금 무엇을 보고 있는가?
나는 지금 무엇을 꿈꾸고 있는가?

내가 외로운 사람이라면
나보다 더 외로운 사람을
생각하게 하여 주옵소서

내가 추운 사람이라면
나보다 더 추운 사람을
생각하게 하여 주옵소서

내가 가난한 사람이라면
나보다 더 가난한 사람을
생각하게 하여 주옵소서

나태주
〈기도〉중
2022년
검돌

눈 위에 쓴다

눈 위에 쓴다
사랑한다 너를
그래서 나 쉽게
지구라는 아름다운 별
떠나지 못한다.

눈 위에 쓴다
사랑한다 너를
그래서 나 쉽게
지구라는 아름다운 별
떠나지 못한다.

눈
위
에
쓴
다

나태주 시
2021년 겨울
이호신

풀꽃 1

자세히 보아야
예쁘다

오래 보아야
사랑스럽다

너도 그렇다.

자세히 보아야
예쁘다

오래 보아야
사랑스럽다

너도 그렇다

나태주 시인의 <풀꽃>중에서
2022년 가을

오직 너는

많은 사람 아니다
많은 사람 가운데
오직 너는 한 사람
우주 가운데서도
빛나는 하나의 별
꽃밭 가운데서도
하나뿐인 너의 꽃
너 자신을 살아라
너 자신을 빛내라.

오직 너는

- 많은 사람 아니다
- 많은 사람 가운데
- 오직 너는 한 사람
- 우주 가운데서도
- 빛나는 하나의 별
- 꽃밭 가운데서도
- 하나뿐인 너의 꽃
- 너 자신을 살아라
- 너 자신을 빛내라

나태주 시
이호신 옮김

첫눈

요즘 며칠 너 보지 못해
목이 말랐다

어제 밤에도 깜깜한 밤
보고 싶은 마음에
더욱 깜깜한 마음이었다

몇 날 며칠 보고 싶어
목이 말랐던 마음
깜깜한 마음이
눈이 되어 내렸다

네 하얀 마음이 나를
감싸 안았다.

첫눈

네 하얀 마음이 나를
감싸 안았다.

2022년 겨울
나태주의 <첫눈>중에서 김돈

풀꽃 2

이름을 알고 나면 이웃이 되고
색깔을 알고 나면 친구가 되고
모양까지 알고 나면 연인이 된다
아, 이것은 비밀.

풀꽃·2

2022년 옮기다, 김도

나태주 시를

아, 이것은 비밀.

모양까지 알고나면 연인이 된다

색깔을 알고나면 친구가 되고

이름을 알고나면 이웃이 되고

사는 법

그리운 날은 그림을 그리고
쓸쓸한 날은 음악을 들었다

그리고도 남는 날은
너를 생각해야만 했다.

사는 법

2022년 겨울
나태주 시

너를 생각해야만 했다.

그리고 남은 날은

쓸쓸한 날은 음악을 들었다

그리운 날은 그림을 그리고

작별

꽃을 꺾듯이
잡은 채 떨리는 손
떨리는 술잔.

작별

꽃을 꺾듯이
잡은 채 떨리는 손
떨리는 술잔

나태주 시. 2022년 이호신 씀

안부

오래
보고 싶었다

오래
만나지 못했다

잘 있노라니
그것만 고마웠다.

안부

오래
보고 싶었다

오래
만나지 못했다

잘 있노라니
그것만 고마웠다.

나태주 시를 옮기다
2022년 이호신

꿈

1
빈 언덕 위에
키 큰 상수리나무 하나를 둘 것

그 아래 방 한 칸짜리
오두막집을 둘 것

그리고 하늘엔
노을 한 자락도 걸어 둘 것.

2
흙내 나는
오두막집 방 안으로 돌아가고 싶다

따스한 아랫목의
잠 속으로 돌아가고 싶다

외할머니
옆에 계시고

밤이 깊어도
잠들지 못하고 속살거리는
상수리나무 마른잎

무엇보다 먼저
내 몸이 작아지고 싶다.

빈 언덕 위에
키 큰 상수리나무 하나를 둘 것

꿈

그 아래 방 한 칸짜리
오두막 집을 둘 것
노을 한 자락도 걸어둘 것.

나태주 시인의 <꿈>중에서
2022년 겨울 이호신 씀

떠나와서

떠나와서 그리워지는
한 강물이 있습니다
헤어지고 나서 보고파지는
한 사람이 있습니다
미루나무 새 잎새 나와
바람에 손을 흔들던 봄의 강가
눈물 반짝임으로 저물어 가는
여름날 저녁의 물비늘
혹은 겨울 안개 속에 해 떠오르고
서걱대는 갈대숲 기슭에
벗은 발로 헤엄치는 겨울 철새들
헤어지고 나서 보고파지는
한 사람이 있습니다
떠나와서 그리워지는
한 강물이 있습니다.

떠나와서

한 사람이 없습니다.
헤어지고 나서 볼고파진는
한강물이 있습니다
떠나와서 그리워지는

나태주 시인의
<떠나와서> 중에서
2022년 겨울

우리는 서툴게 술을 잡았고

안개

흐려진 얼굴
잊혀진 생각
그러나 가슴 아프다.

안개

흐려진 얼굴
잊혀진 생각
그래서 가슴 아프다.

나태주 시, 2022년 가을 이호신

어리석음

이천 년도 훨씬 전에 예수님
너무 쉽게, 알아듣기 쉽게 하신 말씀

감사하면서 살아라
기뻐하면서 살아라
용서하면서 살아라

그 말씀 너무 쉬워서
이천 년을 두고 저희들 아직도
깨닫지 못하고 삽니다.

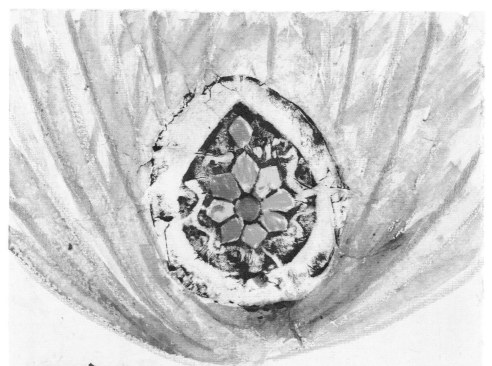

• 감사하면서 살아라
• 기뻐하면서 살아라
• 용서하면서 살아라

 나태주 시인의 <어리석음>중에서
2022년 여름 이호신

목걸이

네 가슴의 나비
팔랑팔랑
너를 데리고
좋은 세상으로
가 줄 것이다.

네 가슴의
나비
팔랑 팔랑
너를 데리고
좋은 세상으로
가줄 것이다.

나태주의 <목걸이>
2022년 겨울이 로신 [인]

대숲 아래서

1
바람은 구름을 몰고
구름은 생각을 몰고
다시 생각은 대숲을 몰고
대숲 아래 내 마음은 낙엽을 몬다.

2
밤새도록 댓잎에 별빛 어리듯
그슬린 등피에는 네 얼굴이 어리고
밤 깊어 대숲에는 후둑이다 가는 밤 소나기 소리.
그리고도 간간이 사운대다 가는 밤바람 소리.

3
어제는 보고 싶다 편지 쓰고
어젯밤 꿈엔 너를 만나 쓰러져 울었다.
자고 나니 눈두덩엔 메마른 눈물자죽,
문을 여니 산골엔 실비단 안개.

4
모두가 내 것만은 아닌 가을,
해지는 서녘구름만이 내 차지다.
동구 밖에 떠드는 애들의
소리만이 내 차지다.
또한 동구 밖에서부터 피어오르는
밤안개만이 내 차지다.

하기는 모두가 내 것만은 아닌 것도 아닌
이 가을,
저녁밥 일찍이 먹고
우물가에 산보 나온
달님만이 내 차지다.
물에 빠져 머리칼 헹구는
달님만이 내 차지다.

바람은 구름을 몰고
구름은 생각을 몰고
다시 생각은 대숲을 몰고
대숲 아래 내마음은
낙엽을 본다.

나태주 <대숲아래서>
중에서 2022년
이호신

돌아가는 길

절간 앞에서
두 손 모으고

부처님 앞에서
기도하는 엄마

엄마를 본 뒤
아기는

꽃한테도
절하고

나무한테도
두 손 모은다

흰 구름이 보고
웃어 준다.

58

돌아가는길

나태주의
<돌아가는길> 제목

2022년 여름 검돌

세상을 사랑하는 법

세상의 모든 것들은
바라보아 주는 사람의 것이다
바라보는 사람이 주인이다
나아가 생각해 주는 사람의 것이며
사랑해 주는 사람의 것이다
어느 날 한 나무를 정하여 정성껏
그 나무를 바라보라
그러면 그 나무도 당신을 바라볼 것이며
점점 당신의 것이 될 것이다
아니다, 그 나무가 당신을
사랑해 주기 시작할 것이다
더 넓게 눈을 열어 강물을 바라보라
산을 바라보고 들을 바라보라
나아가 그들을 가슴에 품어 보라
그러면 그 모든 것들이 당신의 것이 될 것이며
당신을 생각해 주고
당신을 사랑해 줄 것이다
오늘 저녁 어둠이 찾아오면
밤하늘의 별들을 우러러보라
나가아 하나의 별에게 눈을 모으고
오래 그 별을 생각해 보고 그리워해 보라
그러면 그 별도 당신을 바라보기 시작할 것이며
당신을 생각해 줄 것이며
드디어 당신을 사랑해 줄 것이다.

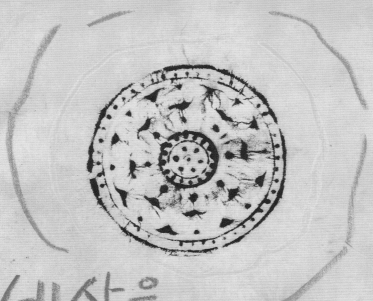

세상을 사랑하는 법

세상의 모든 것들은
바라보아 주는 사람의 것이다
바라 보는 사람이 주인이다
나아가 생각해주는 사람의 것이며
사랑해 주는 사람의 것이다

나태주 <세상을 사랑하는 법> 중에서
2022년 가을 이호신 씀

생명

누군가 죽어서
밥이다

더 많이 죽어서
반찬이다

잘 살아야겠다.

생명

누군가 죽어서 밥이다
더 많이 죽어서 반찬이다
잘 살아야겠다.

나태주 시 〈생명〉 2022년 이호신 [낙관]

거울

아침에 세수하다가
거울을 볼 때마다
아버지가 나를 보고 계신다

그것도 늙은 아버지.

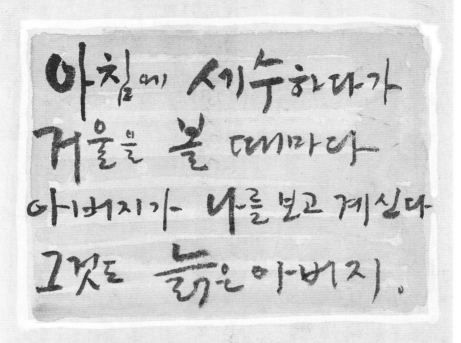

아침에 세수하다가
거울을 볼 때마다
아버지가 나를 보고 계신다
그것도 늙은 아버지.

나태주의 <거울> 2022년 겨울

귀소

누구나 오래
안 잊히는 것 있다

낮은 처마 밑
떠나지 못하고 서성대던
생솔가지 태운 냉갈내*며
밥 자치는 냄새

누구나 한번쯤
울고 싶은 때 있다

먹물 와락
엎지른 창문에
켜지던 등불
두세두세 이야기 소리

마음 먼저
멀리 떠나보내고
몸만 눕힌 곳이 끝내
집이 되곤 하였다.

* 냉갈내 : 식물성 연료를 태우는 아궁이에서 나는 냄새. (2000. 6. 6)

먹물 와락
엎지른 창문에
켜지던 등불
두세두세 이야기 소리

나태주 시인의 <귀소> 중에서
2022년 검돌 이호신

집

얼마나 떠나기 싫었던가!
얼마나 돌아오고 싶었던가!

낡은 옷과 낡은
신발이 기다리는 곳

여기,
바로 여기.

여기,
바로
여기

나태주의 〈집〉중에서
2022년 꽃돋이호신 씀

외딴집

외로움이 한발 먼저 가
기다리고 있었다

혼자서 심심해
꽃을 피워 놓고

맨드라미 분꽃
시든 구절초

햇빛 아래 혼자
웃고 있었다

나도 그 옆으로 가서
꽃 한 송이 피우고

다음에 올 너를
기다려 봤음 좋겠다.

외로움이
한 발 먼저 가
기다리고 있었다

나태주 <외딴집>중에서
2022년 가을 이호신

고향

잎
진
감나무
가지에 달랑 남은
까치밥
하
나.

일
진
감나무
가지에 달랑 남은
까치밥
하
나.

나태주 시 〈고향〉
2022년 가을   이호신

동백

봄이 오기도 전에
꽃이 피었다
너를 생각하는
나의 마음
눈 속에서도 붉은 심장을
내다 걸었다.

나태주의 〈동백〉
중에서 겨울
2 2 년

봄이 오기도 전에
꽃이 피었다
너를 생각하는
나의 마음
눈보라 속에서도 붉은 심장을
버리지 못했다.

어쩌다 이렇게

있는 듯 없는 듯
있다 가고 싶었는데
아는 듯 모르는 듯
잊혀지고 싶었는데
어쩌다 이렇게 되었을까
그대 가슴에 못을 치고
나의 가슴에 흉터를 남기고
어쩌다 이 지경이 되었을까
나의 고집과 옹졸
나의 고뇌와 슬픔
나의 고독과 독선
그것은 과연 정당한 것이었던가
그것은 과연 좋은 것이었던가
사는 듯 마는 듯 살다 가고 싶었는데
웃는 듯 마는 듯 웃다 가고 싶었는데
그대 가슴에 자국을 남기고
나의 가슴에 후회를 남기고
모난 돌처럼 모난 돌처럼
혼자서 쓸쓸히.

어쩌다 이렇게

혼자서 쓸쓸히.

모든 들녘 모든 들녘처럼

나의 가슴에 후회를 남기고

그대 가슴에 자죽을 남기고

나태주 〈어쩌다 이렇게〉
중에서 2022년 김들 [印]

꽃

다시 한 번만 사랑하고
다시 한 번만 죄를 짓고
다시 한 번만 용서를 받자

그래서 봄이다.

다시 한번만 사랑하고

다시 한번만 죄를 짓고

다시 한번만 용서를 받자

그래서 봄이다.

나태주의 <꽃 1>
2022년 봄 겸을 옮김

가인을 생각함

길이라도 바람 부는
모퉁이길
우리는 만났다
만나서 서성였다

둘이서 바람이었고
둘이서 먼지였고
또 풀잎이었다

골목이라도 달빛
서성이는 골목
우리는 서툴게 손을 잡았고
서툴게 웃었다

그리고는 서로의 눈을
들여다보며 눈물
글썽이다가 헤어졌다

끝내 우리는
바람이었고 먼지였고
또다시 달빛이었다.

둘이서 바람이 일고
둘이서 먼지 없고
또 풀잎이 있다—

2022년 가을에
나태주 가을을 생각함
걸음
금메시

멀리서 빈다

어딘가 내가 모르는 곳에
보이지 않는 꽃처럼 웃고 있는
너 한 사람으로 하여 세상은
다시 한 번 눈부신 아침이 되고

어딘가 네가 모르는 곳에
보이지 않는 풀잎처럼 숨 쉬고 있는
나 한 사람으로 하여 세상은
다시 한 번 고요한 저녁이 온다

가을이다, 부디 아프지 마라.

가을이다
부디 아프지마라.

나태주 <멀리서 빈다>중에서   2022년 겨울

그냥 천천히 가고 있었다

어린 벗에게

그렇게 너무 많이
안 예뻐도 된다

그렇게 꼭 잘 하려고만
하지 않아도 된다

지금 모습 그대로 너는
충분히 예쁘고

가끔은 실수하고 서툴러도 너는
사랑스런 사람이란다

지금 그대로 너 자신을
아끼고 사랑해라

지금 모습 그대로 있어도
너는 가득하고 좋은 사람이란다.

가끔은 실수하고 서툴러도
너는 사랑스런 사람이란다

어린 벗에게

나태주 시중에서
2022년 어린이날
걸음 이호신 [印]

기쁨

난초 화분의 휘어진
이파리 하나가
허공에 몸을 기댄다

허공도 따라서 휘어지면서
난초 이파리를 살그머니
보듬어 안는다

그들 사이에 사람인 내가 모르는
잔잔한 기쁨의
강물이 흐른다.

기쁨

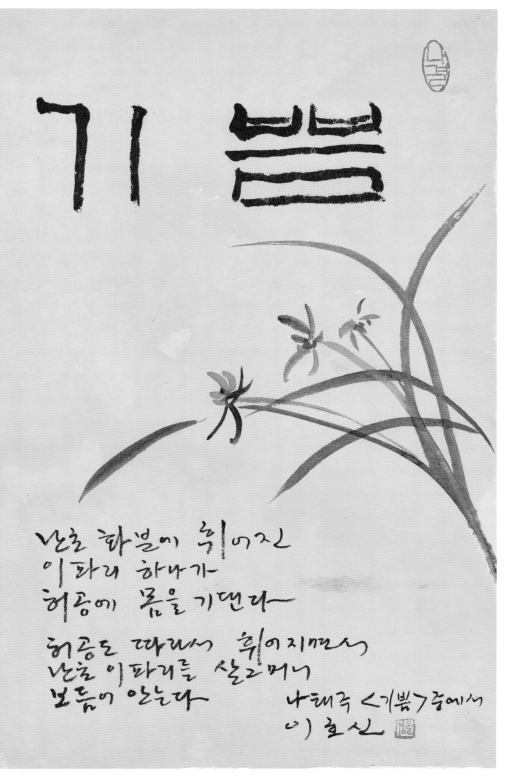

난초 화분에 휘어진
이파리 하나가
허공에 몸을 기댄다

허공도 따라서 휘어지면서
난초 이파리를 살그머니
보듬어 안는다

나태주 〈기쁨〉중에서
이호신

나무

일 년에 한 차례씩
태양이 내려와
허물었다 다시 세우는

달빛과 별빛이
거들어 또다시
세웠다가 허무는

하늘의 신전
하늘의 사탑
비밀궁전

바람의 노래가 되고
새들의 집이 되고
구름의 친구가 되는

나도 당신을 닮아
선하게 살다
돌아가게 해 주세요

두 손 모아
경배드릴까 한다.

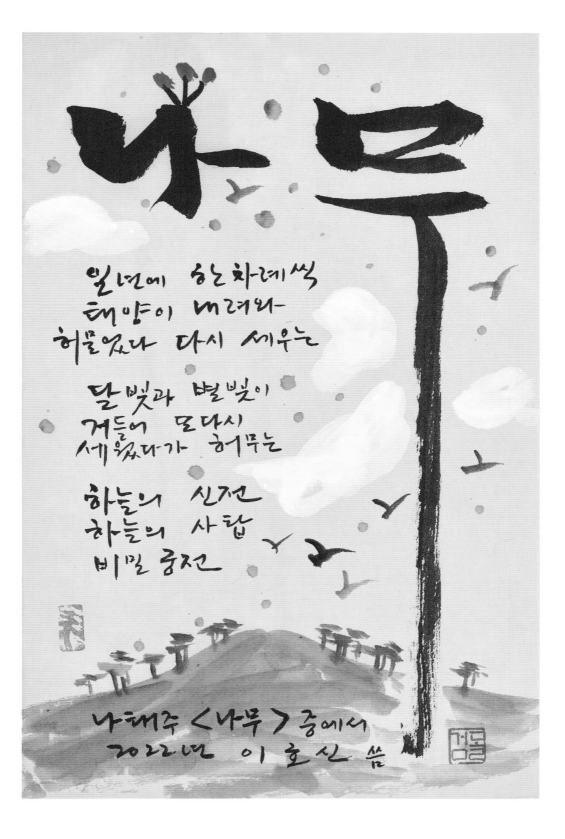

나무

일년에 한도차례씩
태양이 내려와
허물었다 다시 세우는

달빛과 별빛이
거듭여 또다시
세웠다가 허무는

하늘의 신전
하늘의 사탑
비밀 궁전

나태주 〈나무〉중에서
2022년 이호신 씀

행복

저녁 때
돌아갈 집이 있다는 것

힘들 때
마음속으로 생각할 사람 있다는 것

외로울 때
혼자서 부를 노래 있다는 것.

나태주 시인의 〈행복 2〉 2022년 김돌

혼자서 부를 노래 있다는 것

외로울 때

마음속으로 생각할 사람 있다는 것

힘들 때

돌아갈 집이 있다는 것

저녁 때

구름

옷
고름
푸는 그대
가는 손길같이,
손톱 끝에 떨리는
그대 작은 가슴의 낮달같이,
흐르다 흐르다가
지쳐 버린 거,
황진이黃眞伊
하얀
넋.

옷
고름
푸는 그대
가는 숨결 같이,
손톱 끝에 떨리는
그대 작은 가슴의 낮달같이,
흐르다 흐르다가
지쳐버린 거,
황진이
하얀
넋

나태주 <구름> 2022.02 경돌

오늘의 꽃

웃어도 예쁘고
웃지 않아도 예쁘고
눈을 감아도 예쁘다

오늘은 네가 꽃이다.

오늘의 꽃

웃어도 예쁘고
웃지 않아도 예쁘고
눈을 감아도 예쁘다

오늘은
네가 꽃이다.

나태주 시인 〈오늘의 꽃〉 2022년 이호신

아름다움

놓일 곳에 놓인 그릇은 아름답다
뿌리 내릴 곳에 뿌리 내린 나무는 아름답다
꽃필 때를 알아 피운 꽃은 아름답다
쓰일 곳에 쓰인 인간의 말 또한 아름답다.

아름다움

뿌리내릴 곳에 뿌리 내린 나무는
아름답다
꽃 필 때를 알아 피은 꽃은
아름답다

나태주 시인의 〈아름다움〉 중에서
나무와 꽃을 그리고 옮기다
2022년 이호신

시

마당을 쓸었습니다
지구 한 모퉁이가 깨끗해졌습니다

꽃 한 송이 피었습니다
지구 한 모퉁이가 아름다워졌습니다

마음속에 시 하나 싹텄습니다
지구 한 모퉁이가 밝아졌습니다

나는 지금 그대를 사랑합니다
지구 한 모퉁이가 더욱 깨끗해지고
아름다워졌습니다.

꽃 한송이
피었습니다
지구 한 모퉁이가
아름다워졌습니다

나태주 시인의 <시>
중에서 2022년
이호신

부탁

너무 멀리까지는 가지 말아라
사랑아

모습 보이는 곳까지만
목소리 들리는 곳까지만 가거라

돌아오는 길 잊을까 걱정이다
사랑아.

너무 멀리까지는 가지 말아라
사랑아—

모습 보이는 곳까지만
목소리 들리는 곳까지만 가거라

돌아오는길 잊을까 걱정이다
사랑아.

2022년 겨울
나태주
人부탁〉
의

섬

너와 나
손잡고 눈 감고 왔던 길

이미 내 옆에 네가 없으니
어찌할까?

돌아가는 길 몰라 여기
나 혼자 울고만 있네.

돌아가는 길 몰라 여기
나 혼자 울고만 있네.

나태주의 <섬7중에서
2022년 여름 걸음이호신

사랑에게 1

사랑을 가졌는가?
그렇다면 입을 다물라
조심하라
풀들과 나무가 이미
눈치를 채고
바람이 짐작을 하고
흘러가는 구름이
엿보고 있다
사랑은 숨길 수 없는 것
숨겨도 숨겨도 밖으로
삐져나오는 것
그러니 조심을 하란 말이고
입을 다물란 말이다
사랑을 발설하는 순간
사랑은 숨을 거둔다
사랑이 아닌 그 무엇이 되고 만다
사랑은 그 자체로서
눈부신 것이고
아름다운 것이고
충만한 그 무엇이다
사랑을 가졌는가?
그렇다면 더욱 겸허하고
주변의 생명 하나 하나에게
너그럽고 섬세하고
친절하라
그렇지 않으면 사랑이
사랑으로 오래 남지 못한다
사랑은 비밀
그 무엇으로도 감춰지지 않는 비밀
사랑은 사랑 그것으로 이미
완전하며 시작이요 끝
더는 없는 아스라한 세상이다.

사랑은 비밀
그 무엇으로도 감춰지지 않는 비밀
사랑은 사랑 그것으로 이미
완전하며 시작이요 끝
더는 없는
아스라한 세상이다.

나태주의 〈사랑에게 1〉중에서
2022년 이호신 [印]

감사

이만큼이라도 남겨 주셨으니
얼마나 좋은가!

지금이라도 다시 시작할 수 있으니
얼마나 더 좋은가!

열마다 더 좋은가!

지금이라도 다시 시작할수있으

열마다 좋은가!

이만큼이라도 남겨주셨으니

나태주 <감사>
2022년 겨울 ○○

돌

드러나 있어 빛나는 돌이 있다
숨어 있어 값진 돌이 있다, 그러나
드러나 있음으로 빛을 잃은 돌이 있고
숨어 있어도 값없는 돌이 있다.

돌

숨어 있어도 기뻐했는 돌이 있다.

드러나 있음으로 빛을 잃은 돌이 있고

숨어 있어 값진 돌이 있다, 그러나

드러나 있어 빛나는 돌이 있다

나태주의 〈돌〉 2022년 감돌

사랑에게 4

실은 네 생각만 해도
내 몸에 꽃이 피고
새싹이 나
어디선가 숨죽였던 물소리
도란도란 다시 살아나
개울물이 흘러
그런데도 자신이 없어
좋기도 하면서
두렵기도 한 마음
이걸 어쩌면 좋단 말이냐
그러게 말야
네 말대로 갈팡질팡
엉망이지 뭐니
어지럼증이야
그래도 나는 좋아
살아 있는 목숨이 좋고
네가 좋고
세상이 다 좋아
나의 세상은 너로 하여
다시 한번 시작하고
다시 한번 태어나는
세상이란다.

나의 세상은 너로하여
다시 한번 시작하고
다시 한번 태어나는
세상이란다.

나태주 <사랑에게 4> 중에서
2022년 이호신

내가 없다

　세상에 내가 아예 없는 날이 있다. 우선 집에 없고 오랫동안 밥벌이하던 학교에 없고 친구나 후배 시인들이랑 어울려 노닥거리던 음식점이나 술집에 없다. 그렇다고 정년 후 한동안 일하던 문화원에도 없고 행사장에도 없고 아내와 함께 다니던 수원지 산책로에도 없고 시내 어디 길가에도 없다. 아무리 자세히 들여다보아도 없다. 문학잡지 목차에도 없고 지난해 발표된 좋은 시 가려 뽑아 만든 책에도 내 이름은 빠져 있고 더러는 문인들 주소록에도 빠져 있다. 그러면 도대체 나는 어디에 있단 말인가? 내가 가르친 수없이 많은 아이들 추억 속에 있는 걸까? 아니면 우리 가족들, 아내나 우리 집 아이들 마음속에 들어 있는 걸까? 혼자 걸어 다니는 걸 좋아하며 풀꽃을 좋아했으니 어디쯤 쭈그리고 앉아 지금 풀꽃을 보고 있거나 풀꽃 그림을 그리고 있는 걸까? 아예 풀꽃 꽃잎에 꽃물이 되어 스며 버린 걸까? 그 옆에 새소리 혼자 듣다가 또 새소리 속에 빠져들어 가 버린 걸까? 아무리 찾아도 나는 없다. 찾다가 찾다가 지쳐서 돌아오는 길. 강변으로 뻗은 좁은 길로 자전거 타고 가는 자그만 몸집의 한 남자 노인을 보았다. 낡은 초록색 자전거였다. 어딘지 가고 있었다. 목적지가 있거나 볼일이 있는 것도 아닌 성싶었다. 그냥 천천히 가고 있었다. 노형, 지금 어디를 가시는 거요? 얼굴을 들어 이쪽을 보는데 그게 바로 나였다. 아, 저기 내가 있었구나. 나는 세상 어디에도 없고 그렇게 거기 있었다.

아무리 찾아도 나는 없다. 찾다가 찾다가
지쳐서 돌아오는길. 강변으로 뻗은 좁은길로
자전거 타고가는   자그만 몸집의
한 남자 노인을   보았다.
낡은 초록색   자전거였다.
어디지   가고 있었다.

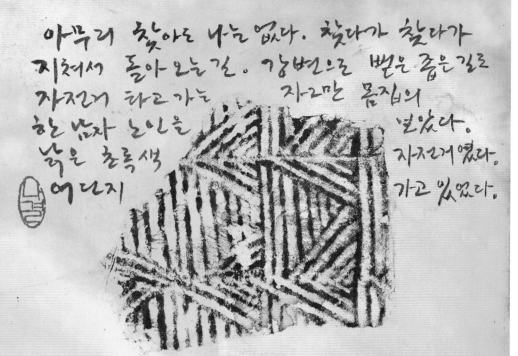

목적지가   있거나 볼일이 있는 것을
아니성 싶었다. 그냥 천천히 가고있었다.
노형, 지금 어디를 가시는 거요?
얼굴을 들어 이쪽을 보는데 그게 바로 나였다.
아, 저기 내가 있었구나.
나는 세상 어디에도 없고 그렇게 거기 있었다.

나태주 시인의 <내가 없다>중에서
2022년 겨울 이호신 옮김

지지 않는 꽃

하루나 이틀 꽃은
피었다 지지만

마음속 숨긴 꽃은
좀 더 오래간다

글이 된 꽃은
더 오래 지지 않는다.

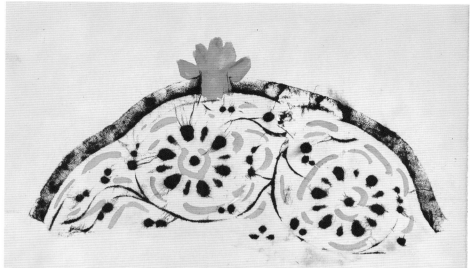

하루나 이틀 꽃은
피었다 지지만

마음속 숨긴 꽃은
좀더 오래간다

글이 된 꽃은
더 오래 지지 않는다.

나태주 <지지 않는 꽃>
2022년 겨울 아호신

시 2

그냥 줍는 것이다

길거리나 사람들 사이에
버려진 채 빛나는
마음의 보석들.

그냥
줍는 것이다

길거리나 사람들 사이에 버려진채 빛나는 마음의 보석들.

나태주 시인의 <시3> 2022년 겨울 이호신 씀

사랑에게 5

살면서 오래 살면서 한두 번
겪어 봤으면
익숙해질 만도 한데
여전히 허둥대고 서툴고
낯가림하고 안타깝다 못해
한숨이 나오고
끝내 진땀을 흘리기까지 한다
어쩌면 좋으랴
어찌하면 좋단 말이냐
이 참담함을 다시 한번
어찌하면 좋단 말이냐
잠잠하라
좀 더 인내하며 기다리라
침착하라
또 다른 사랑이
나에게 이르는 말씀
그래 사랑이란 본래
끝없이 서툴고
끝없이 설레고
끝없이 가난한 마음이란다
바다여 바다 파도여
나를 삼켜 세상 끝으로만
데려가지 말아다오
벼랑 끝 끝머리 서서 나는
이렇게 울먹이고만 있다.

그래 사랑이란 본래
끝없이 서툴고
끝없이 설레고

끝없이 가난한 마음이란다

나태주의 〈사랑에게5〉중에서
2022년 이호신 [印]

뒷모습

뒷모습이 어여쁜
사람이 참으로
아름다운 사람이다

자기의 눈으로는 결코
확인이 되지 않는 뒷모습
오로지 타인에게로만 열린
또 하나의 표정

뒷모습은
고칠 수 없다
거짓말을 할 줄 모른다

물소리에게도 뒷모습이 있을까?
시드는 노루발풀꽃, 솔바람 소리,
찌르레기 울음소리에게도
뒷모습은 있을까?

저기 저
가문비나무 윤노리나무 사이
산길을 내려가는
야윈 슬픔의 어깨가
희고도 푸르다.

뒷모습이
어여쁜
사람은 참으로
아름다운
사람이다

나태주 〈뒷모습〉중에서   2022년 이호신

문득

창문의 종이를 만져 본다
꺼끌거끌하다

가을 겨울
그리고 봄

볼 우물이 고운 아이
지금은 내 앞에 없는 아이

그 아이가 문득
보고 싶었다.

문득

창문의 종이를 만져 본다
꺼끌 거끌하다

가을 겨울
그리고 봄

볼우물이 고운 아이
지금은 내 앞에 없는 아이

그 아이가 문득
보고 싶었다.

나태주 〈문득〉
2022년 겨울 이호신 [印]

나 여기 잘 있어요

IV

잊지 말아라

다만 지금 누군가 너를
생각하는 사람이 있다고 생각해 보아라
세상 살맛이 조금씩 돌아올 것이다

다만 지금 누군가 너를 위해
기도하는 사람이 있다고 생각해 보아라
세상이 좀 더 따스하게 느껴질 것이다

다만 지금 누군가 너를 위해
울고 있는 사람이 있다고 생각해 보아라
세상이 갑자기 눈부신 세상으로 바뀔 것이다

어쩌면 너도 누군가를 위해
기도하는 사람이 되고
함께 울어 주고 싶은 사람이
될지도 모를 일이다.

잊지 말아라

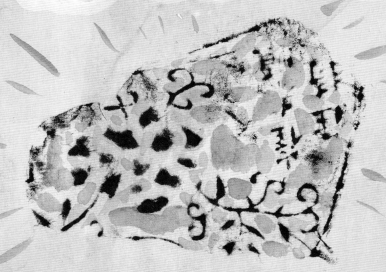

다만 지금 누군가 너를위해
기도하는 사람이 있다고
생각해 보아라
세상이 좀 더 따스하게
느껴질 것이다

나태주의 시 < 잊지 말아라 >중에서
2022년 여름 이호신

마음의 거울

너는 내 마음의 거울
나의 말 나의 표정
나의 몸짓 하나하나
찾아내어 무늬를 세우는
맑고도 깊은 호수

하늘이 어리고
구름이 어리고
산과 들과 나무 더러는
새의 날갯짓 풀벌레 울음
바람 소리까지 어리는
맑으신 호수

두려워라 고마워라
나의 마음 얼룩까지 어리어
거기 오래 살기 바라네
너의 맑은 영혼
너의 고운 사랑 더불어
오래 숨쉬기 바라네.

하늘이 어리고
구름이 어리고
산과 들과 나무 더러는
새의 날갯짓 풀벌레 울음
바람 소리까지 어리는
맑은 호수

나태주 <마음의 거울>중에서
2022년 겸둘

별

별은 멀다. 별은 작게 보인다. 별은 차갑게 느껴진다. 그렇지만 별은 별이다. 멀리 있고 작게 보이고 차갑게 느껴진다 해서 별이 아닌 건 아니고 또 별이 없는 건 절대로 아니다.

별을 품어야 한다. 눈물 어린 눈으로라도 별을 바라보아야 한다. 남몰래 별을 가슴 속에 품고 살아야 한다. 별이 작게 보이고 별이 차갑게 보이고 별이 멀리 있다 해서 별을 품지 않아서는 정말 안 된다.

누구나 자기의 별을 하나쯤은 마음속에 지니고 사는 것이 진정 아름다운 인생이고 멀리까지 씩씩하게 갈 수 있는 삶이다. 그렇지 않을 때 그 사람은 흘러가는 삶을 살 수밖에 없다. 남을 따라서 흉내 내는 삶을 살 수밖에 없다.

아들아, 네 삶의 일생일대 실수는 어려서부터 네가 너의 별을 갖지 않은 것! 어쩌면 좋으냐. 내가 너에게 너의 별을 갖도록 안내해 주지 못한 것부터가 잘못이었구나. 후회막급이다.

별을 품어야 한다.
눈물어린 눈으르라도
별을 바라 보아야 한다
남물래 별을 가슴속에
품고 살아야 한다.

나태주의 <별>중에서
2022년 여름 이호신 [印]

묘비명

많이 보고 싶겠지만
조금만 참자.

많이
보고
싶겠지만

조금만
참자.
. . .

나태주 〈묘비명〉 2022년
이흥신

비원

돌아가고 싶다

꿈은 오직
하나

집으로,
당신 곁으로.

돌아 가고 싶다—

꿈은   오직 하나

집으로   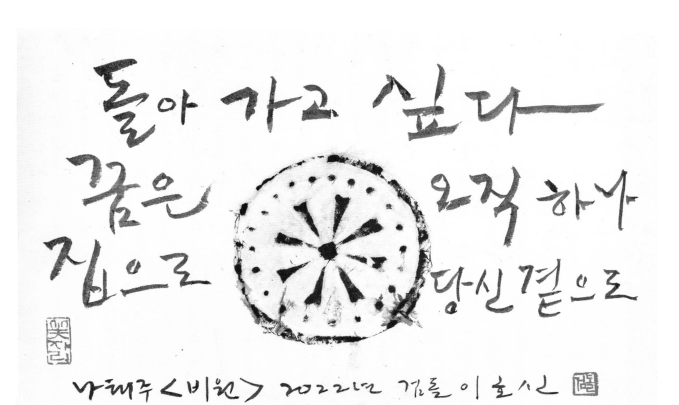   당신곁으로

나태주〈비원〉 2022년 겨울 이호신

촉

무심히 지나치는
골목길

두껍고 단단한
아스팔트 각질을 비집고
솟아오르는
새싹의 촉을 본다

얼랄라
저 여리고
부드러운 것이!

한 개의 촉 끝에
지구를 들어올리는
힘이 숨어 있다.

한개의 촉 끝에
지구를 들어 올리는
힘이 숨어 있다.

나태주의 〈촉〉중에서
2022년 이호신

잠들기 전 기도

하느님
오늘도 하루
잘 살고 죽습니다
내일 아침 잊지 말고
깨워 주십시오.

하느님
오늘도 하루
잘살고 죽습니다
내일 아침
잊지 말고
깨워 주십시오.

나태주 〈잠들기전 기도〉
2022. 12 이호신

삼거리

돌아가거라

순결했던 시절로

저녁 새소리.

돌아 가거라
순결했던 시절로
저녁 새소리

나태주 <삼거리>

2022년
겨울

붓꽃

슬픔의 길은
명주실 가닥처럼이나
가늘고 길다

때로 산을 넘고
강을 따라가지만

슬픔의 손은
유리잔처럼이나
차고도 맑다

자주 풀숲에서 서성이고
강물 속으로 몸을 풀지만

슬픔에 손목 잡혀 멀리
멀리까지 갔다가
돌아온 그대

오늘은 문득 하늘
쪽빛 입술 붓꽃 되어
떨고 있음을 본다.

슬픔의 손은
유리잔처럼이나
차고도 닳다

정출 이호신
증임 2022.12
나태주 시인의 〈풀꽃2〉

눈사람

밤을 새워 누군가 기다리셨군요
기다리다가 기다리다가 그만
새하얀 사람이 되고 말았군요
안쓰러운 마음으로 장갑을 벗고
손을 내밀었을 때
당신에겐 손도 없고
팔도 없었습니다.

팔도 없었습니다.

당신에게 낄 손도 없고

손을 내밀었을 때

안쓰러운 마음으로 장갑을 벗고

새하얀 사람이 되고 말았군요

기다리다가 기다리다가 그만

밤을 새워 누군가 기다리셨군요

2022년 겨울 이호신 씀
나래 주시는 이의 <눈사람>

여행

떠나온 곳으로 다시는
돌아갈 수 없다는 걸 알기까지는
많은 시간이 필요했다.

떠나온 곳으로 다시는
돌아갈 수 없다는걸 알기까지는
많은 시간이 필요했다.

나태주 <여행> 2022년 이호신 그림

마스크

너와 나를 가른다

아니
너와 나를 합하고

너와 나를 살린다.

너와 나를 가른다

아니

너와 나를 합하고

너와 나를 살린다.

나태주의
＜마스크＞

2021년
이호신

시를 위한 기도

지친 사람에게 위로를
앓는 사람에게 치유를
시든 사람에게 소생을
나의 시가 선물할 수만 있다면

우울한 사람에게 명랑을
실망한 사람에게 소망을
화난 사람에게 평안을
정말로 나의 시가 대신할 수만 있다면

하느님 하나님
얼마나 좋을까요!

지친 사람에게 위로를

앓는 사람에게 치유를

시든 사람에게 소생을

나의 시가 선물할 수만 있다면

나태주 시인의 〈시를 위한 기도〉중에서

2022년 이호신 씀

이 가을에

아직도 너를
사랑해서 슬프다.

아직도 너를
사랑해서 슬프다

나태주 〈이 가을에〉 2022 겨울

능소화 지다

사랑은 잠깐
잠깐이어서 사랑이어요

꽃 피는 것도 잠깐
잠깐이어서 꽃이어요

사랑이 떠난 자리
꽃이 진 자리

그대 돌아올 날
기다려도 좋을까요?

다시 꽃필 날
믿어도 좋을까요?

사람이
떠난자리

꽃이
진
자리

나태주 < 능소화 지다중 2022 122 검돌 [印]

하늘 이별

날마다 만나도
만나고 싶은 사람
눈앞에 있어도
보고 싶은 사람

이제 어디서도
볼 수 없으니
보고 싶어서
나를 어쩌나!

하늘 커튼을 열고
여기 보아요
하늘 쪽창을 열고
나를 좀 보아요

나 여기 있어요
나 여기 잘 있어요
거기도 잘 있나요?
날마다 별일 없나요?

흰 구름 보고
손 흔들어 인사합니다
하늘을 향해 꾸벅
절을 합니다.

날마다
만나도
만나고 싶은 사람
눈앞에 있어도
보고 싶은 사람
이제 어디서도
볼 수 없으니
보고싶어서 나를 어쩌나!

나태주의 <하늘이별> 중에서
2022년 이호신

달개비꽃

가까이 가기만 해도
물소리 들린다
오래되고 깊은 샘물에
철벙철벙 두레박 내려
물 길어 올리는 소리

갈래머리 종종머리
어린 누이도 있었지

보일 듯 말듯 웃는
볼 위에 흐릿한 볼우물
볼우물 위에 살포시
안기던 고혹蠱惑
숨길 수 없던 수줍음.

보일 듯 말 듯 웃는
볼위에 흐릿한 볼우물
볼우물 위에 살포시
안기던 고혹
숨길 수 없던
수줍음。

나태주의
〈달개비꽃〉중에서
2022년 여름
산청에서 이호신

카톡 문자

오늘은 흐린 날
그래도 푸르른 나무
초록을 보자
그러면 마음에
초록 물이 들어와
마음에 힘이 솟는다

가끔은 비가 오는 날
그래도 활짝 핀 꽃
분홍을 보자
그러면 마음에
분홍의 물이 들어와
마음이 밝아진다

나에게 너는
흐린 날의 초록 나무
비 오는 날의 붉은 꽃
너로 하여 내가 산다
내가 견딘다.

나에게 너는
흐린날의
초록나무

비오는 날의
붉은 꽃

너로하여
내가산다
내가 견 딘다.

나태주의 <카톡문자>중에서
2022년 이호신